# Cuentos de la luna

Escrito por María V. Martínez
Ilustrado por Linda Holt Ayriss

¿Alguna vez has sorprendido a la luna mirando por tu ventana? Este cuento te dirá por qué lo hace.

Hace mucho tiempo, la luna estaba prendida al cielo por un alfiler. Así se pasaba noche tras noche, sin poder moverse.

Después de muchos años, la luna se aburrió de siempre estar clavada en el mismo lugar.

Una noche, la luna llamó a una estrella
que por allí se paseaba: —Me siento muy
sola. Por favor, cuéntame un cuento.

Mientras la estrella contaba su cuento,
otras estrellas se detenían para escuchar.
Unas de ellas contaron cuentos también.

Al oír tantos cuentos fabulosos, la luna
se alegró.

Pero de pronto las estrellas habían contado todos los cuentos que sabían. La luna se puso muy triste, pensando que se habían acabado todos los cuentos.

El Padre Cielo sabía que la luna se sentía triste y vino a consolarla.

—Hay muchos más cuentos para escuchar —dijo.

—Mira para abajo —continuó—, las mamás y los papás por todo el mundo cuentan cuentos a sus hijos.

—Pero yo estoy clavada aquí arriba —protestó la luna—. No puedo alcanzar a oír sus cuentos.

—Yo puedo arreglar eso —dijo el Padre Cielo mientras sacaba el alfiler que mantenía prendida la luna al cielo.

La luna se puso muy feliz. Fue de casa en casa y escuchó muchos cuentos.

14

Y la luna les contó los cuentos a las estrellas que pasaban por allí.

Ahora la luna puede oír un cuento diferente cada noche, mientras escucha por las ventanas por todo el mundo. ¡Cuéntale uno cuando viene a tu ventana!